かめれおんの時間

奥田春美

思潮社

かめれおんの時間

奥田春美

装幀＝思潮社装幀室

かめれおんの時間

ふようの家

はれた日は二階南側の窓がはんぶんだけひらく
毛布が一枚手すりにひろげられる
その家の西側の小道をわたしは毎日とおる
そのたびにはりだしたふようの白い大きな花に
顔をなでられそうになる
ものごとがうまくいった帰り道は

立ち止まり背景の空もろともそれをながめた
長すぎる午睡のあとで散歩に出たとき
葉陰に咲くひとつが好きな友人の顔に見え
鼻を近づけにおいをかいだ
実家から屈託をむねに帰ってきた日に
それはわたしを生んだ女の胸になった
特別におびただしい数咲いており
さわられそうな幾つかをはらいのけた
男との口論のあと街に出かけようとしたとき
それは遠い日の不機嫌な少女の顔になった
うすくて傷みやすい外見を平手打ちした

うかつだった
ふようの木の奥の小窓は
どうやらいつも開いていたようだ
なにもかも見られていたにちがいない

スコール

雨の最初の一粒がわたしの額にあたった
二粒目はつきでたほほ骨をうった
背後でびわの葉を打つまばらな雨音がして
実をたべにきていたひよどりがとびたった
そのつよくしなる羽を雨粒がうった
庭のそこらじゅうから雨粒の音があがりはじめた

わたしの耳はとびはね四方へむかってかけだしてゆく
拡散して億の耳となる

前ぶれの突風がきた
おおいそぎでわたしのからだを遠い庭によこたえる
雨の最初の一粒が緘黙するくちびるにあたった
二粒目が宙をさまよう眼を直撃した
雨粒は庭じゅうの植物をうち地面をうった
屋根をうち窓をうちいぬとねこをうった
かつていたものすべてを残らずうった
それらの音でわたしが満ちてゆく

大気中の水分が飽和状態になった
遠い庭にわたしのおもたいからだをよこたえる
雨の最初の一粒がへその奥底をうった
うまれたての音がした
肩、鳩尾、足の甲
いたるところからうまれたての音があがった
わたしはうまれたての音となり
植物や地面がたてる音にまぎれこんでしまう

ドクダミとり

あのひとのドクダミとりはきりがなかった
家の表の梅の木を作業開始の地点とする
通りがかった近所の人と世間話をしながら
手は休むことなくドクダミを引き抜いている
裏庭はあのひとの秘密の花園だった
没頭していて呼びかけても返事はない

短い時間消えていなくなることがあった
北側の納屋の裏で作業中にうたう歌がきまっていた
へびとなめくじがいる場所なのにうれしげな歌なのだ
あのひとが梅の木までもどったとき
そのあたりのドクダミは元のように生えている
ふたたび引き抜きにかかる
しゃがんでずりずり前進する
ピンク色がかってなま白いドクダミの地下茎が
あのひとの後ろにつみあがってゆく
それが放つにおいがわたしをあのひとから遠ざけた
一生の間に何百回
あのひとはそうやって家のまわりをまわったか

きりのない行為はわたしにもある
しかもあのひとのドクダミとりにそっくりだ
そのまわりをすでに何十回まわったか

はじまりからはじめる

「わたしはだれ?」
わたしたちは老母をのぞきこみかわるがわる問う
「わたしはだれ?」は
義歯をとりはずした口にすいこまれる
こだまがウロの内から返ってくる
わたしたちはそれを身をよじってやりすごす
体勢をたてなおし自分の名前を連呼する

名前は天井や窓ガラスにあたりはね返ってくると
適当にそこらにあるものにくっついた
長男の名前はコップのなかの義歯に
次男のそれはポータブルトイレットに
わたしのそれは紙おむつの袋にくっついた
くっつかれたほうはそのもののままだが
名前を失ってわたしたちは動揺する
とつぜん、老母のオナラがひびきわたった
わたしたちは笑いすぎたあとのノッペリ顔で
ようやくベッドでくつろいでいる新しい人を発見する
ハジメマシテ
みんな誰でもないはじまりからはじめる

準備

彼女の準備が始まった
先祖代々の古い墓石のよこに御影石の墓誌をたてた
表側がいっぱいになると裏側に刻むといいよ
ほら、さわるとすべすべ気持ちいいよ
わたしたちは一応さわってみた
ぼくはこのあたりかなというものがいた

裏側は百年以上あとの死者だなというものがいた
みんな少しの間ぼんやり立っていた
次に彼女がしたことは
金箔がとれてほとんど暗闇の仏壇の修理だった
仏具屋からそれはきんきらきんになってもどってきた
五十年は光りつづけるよ
ほら、極楽浄土ぽくってよいだろう
わたしたちはかわるがわるのぞきこんだ
みんなの顔がかわるがわる金色に光った
最後に彼女がしたのは
たべるねむるたびにごくらくごくらくということだった
それをきくとわたしたちはつい彼女にさわりたくなった

ごくらくにさわったよ
ごくらくはわらったよ

わたしたちの準備もできた

くらやみをだく

空家になった生家にひとりで泊まる
木犀のにおいが庭じゅうにうずまいていた
黒樫が屋根を背後からだきこもうとしていた
はやばやと雨戸を閉めきる
人間とは別のもののにおいがした
電灯を消しふとんによこたわる

くらやみがいっせいに集まってきた
まじまじと見つめつづける
くらやみが見えるようになる
立ちあがって座敷のふすまをあける
べた一面のくらやみにあしをふみいれる
およぐようにひとまわりしてもどってくる
反対側のふすまをあけ六畳間をよこぎり
しょうじをあけＴＶのある居間をよこぎり
廊下にでる
やすやすと歩きまわる
硝子戸をあけ食堂にはいる
食卓の椅子にこしかける

くらやみが無音ですりよってきた
自在にのびちぢみしながら密着してきた
猫の腹のようにぬくい
居間にもどりTVの正面の部屋の引き戸をあける
人の呼気の充満にたじろぐ
この家に二十年以上ひとりでいた人のものだ
じっと目をこらす
そのままのベッドと箪笥を見る
ベッドによこたわり天井をすみからすみまで見る
大小三つの目玉そっくりのフシを見る
くらやみが四方からにじりよってきた
わたしはまるくなりくらやみをだく

記憶のひふ

むこう側でひふのへこみに押し入るものがあり
外が内にむかってどんどんめりこんでゆく
こちら側ではへこみがもりあがってきて
ついには内が外に押し出されてくる
そうやってわたしは生まれた

生まれた瞬間に失った海を
無数のわたしが泳いでいる
集まりだす
ひふがこすれあい熱をおびる
さらに凝集しながら
夜の海をえんえん泳ぎつづける
頭上を何万回と月が通っていって
気がつくとたった一人でクロールをしている
脈打つ海岸にたどりつく

ひふの中心部がへこみはじめる
ぐいぐい押し入ってくるものがある

たしかめようとして虚空をつかむ
それは膨張しながらどこまでも押し入ってくる
ついに記憶のはてに押し出されてしまう
そうやってこんどはむこう側に生まれる

同じ夜の海を逆向きに一人で泳いでいる
時間も距離も失ってえんえん泳ぎつづける
頭上を何万回か月が通っていって
気がつくと無数のわたしが背泳ぎをしている
集まりだす
ひふがこすれあい熱をはっする
熱い環流になる

あかちゃんがきた

オイがあかちゃんをつれてかえってきた
「はぶたえもちみたい」
「はずみぐあいは白玉だわ」
法事のために集まった老若男女の全員が
よいにおいの小さな生きものにそそられっぱなしだ
あかちゃんが泣きだした

「パパそっくりの泣きっぷりね」
「ジィジィのかおがこわいのよ」
しのびわらいのさざなみがたつ
若い僧侶の読経がはじまる
晴れた海のようにリズミカルにうちよせてくる
「ひびきのよい声ね」
「りっぱなからだをしているからよ」
あかちゃんがまるくなり足の指を吸いはじめた
やわらかい円が満ちてゆく
うっとり微笑する
わたしたちはしらずしらず声にだし唱和している
なむあみだぶつなむあみだぶつ

疾走する

早朝のM公園のグラウンドを疾走するおとこがいる
水曜と木曜のみあらわれる
おとこはホームベースからセンター方向にむかって走り
外野のフェンスにもたれ五分ほど休み、走りもどってくる
走る、休む、走る、休む
走る、休む、走る、休む

走る、休む、走る、休む
きっちり三往復するとたちさる
わたしはジョギングでグラウンドをまわる
始めたばかりで現在のノルマは五周だ
おとこがあらわれると
バックネット前で立ちどまって見つめる
遠のいてゆくおとこの背が
はるかな地点へ消えてしまいそうになる一瞬がある
みるみるせまってくる奥まったおとこの目が
わたしをつきぬけていってしまいそうになる一瞬がある
走る種族の出にちがいない

おとこの疾走を見つめつづけていると
他のジョギングする人たちが消えてしまう
からすの鳴き声が消えてしまう
おとこも消えてしまう
疾走そのものだけになる
足音、息づかい
高速で流れる空気の気配
目の奥をつぎつぎとひかりが流れる
生まれるはるか以前から眠りつづけてきたものが
網膜上にたちあらわれる
心臓を鼓舞する
ふくらはぎと大腿をひたひたうつ

わたしの腕は朝の大気をするどく切る
わたしの足うらはかたい地面をつよくける
かつてえものを追ってそのように疾走した

十一月をふんばる

今日、とてつもなく足の速い老婆にあった
坂の下で追い越され
あっという間に距離をあけられた
走っているのでない
宙を飛んでもいない
アディダスのスニーカーが

きちんと地面をキックしている
坂道のてっぺんにむかうにつれ
そのキック力が増したにちがいない
地球の回転速度が速くなった
わたしは思わず両足をふんばる
老婆はてっぺんで一瞬静止したかにみえた
それからいっそう速度をあげて
足のほうから見えなくなる
ながい影がたわみながら後をおってゆく
わたしの足は坂の四分の三あたりでふんばっており
わたしの頭の影は四分の一ふきんをうろついていた

カラダ

夜、おとこをなぐり倒す
おとこというカラダ、長々とのびる
海の塩をたっぷりふりかける
ちぢめちぢめばちぢむと
思いだせるかぎりの呪文をくちずさみながら
おおおとことこびとおとこの話を作る

自在に変形させるおとこという カラダ

セーターの腹から飛びだした毛糸の端を引っぱる
すれするするするするせよ
おんなというカラダ、ほどいてしまう
巻きとった赤い毛糸玉をつぎつぎと放り投げる
メジャーを持って落下地点に走ってゆくものがいる
五十メートル
六十メートル
オタケビをあげながらさらに遠くへ
疾走してゆくおんなというカラダ

視線は自動的にまず胸にゆく
そこからゆっくり下降する
もりあがりをけずりとりへこみをうめる
均してしまう
のっぺらぼうになる
うす暗がりでまどろみながら
世界からの最初のゆさぶりを待つカラダ

泳ぐ女

先週はなにもなかった
あったかもしれないけど話すのがおっくう
ひとの話をきくのはもっとそう
カウチのおとこのからだがゆるむ
ゆるみきる手前で緊張する

ふたたびすみやかにゆるみだす
猫の足どりでわきをすりぬけベランダにでる

十月のシンプルな晴天を嗅ぐ
いつものように視界の右端から
眼下の住宅の屋根を指でなぞってゆく
小学校の体育館の半円形の屋根をすべりおり
プールにとびこむ
背泳ぎは得意
やってみようか

青い瓦屋根でやすんだあと

あちらこちらの屋根をうろつく
てっとりばやく電線を伝ってゆく
指先が集中力をなくしふみはずしそうだ
やめてもいいのだが真面目になってしまう
ようやく視界の左端の河にたどりつく
水流のずっと先のほう、河口のあたりで
なにか見わけのつかないものがきらめいている

背筋を伸ばして大気をすいこむ
塩分を感じる
思いだすかぎりの準備運動をして
両腕をゆっくりバックで回転してみる

じょじょにストロークの速度をあげる
彼女は遠泳に出た

広目天に恋した

であったのは本屋の奥まったところだった
いきなり左の目でいぬかれた
ライトが顔の左側のみを照らしだしており
鼻りょうの垂直線の右側は闇だった
数秒後、闇の右目にいぬかれた
ほとけさま、にんげん、ねこ、いぬ

これまで様々の顔かたちあるものにであったが
このようなことは始めてだった

A4サイズぎりぎりいっぱいのアップの
首からうえの広目天のいる雑誌を買ってかえった
慎重にそのページをはずし左から光のはいる居間のかべにはった
広目天、ことばをあやつる天
現住所、東大寺戒壇堂

ノルマのスクワットを三十回やって金木犀のお茶をいれた
口中にふわり白桃の風味が満ちていった
「こうもくてん」口にだしていう

広目天と目があわない
はる位置をあちらこちら移動してみた
こっちの視点を上下左右と移動してみた
広目天はふといまゆねをしぼり
平たく横ひろがりの目であらぬかなたを見つめるばかり
かんぬきのような口はいつまでまってもひらきそうにない

広目天をかべからはがし床にほうりなげた
ぺらりゆれてあしもとにおちた
みおろしてやった
目があった
「こうもくてん」つよく口にだしていう

広目天がその全身をゆっくりたちあらわした
手に巻子をもつ左側を夕方の光にもえたたせ
筆をもつ右半分を闇にしずめて
さあ、おんな、あらぬかなたへ跳躍せよ

「つよいおんなになりました」

ゴーリキーの「どん底」を友人と観にいった
中国、韓国、日本の俳優たちの混成で
舞台両脇のスクリーンに字幕スーパーがでた
途中からめんどうになり、それを見るのを放棄した
すると三カ国語から国がとれ、語がとれ
三色の音になった
すこしいねむりした

美空ひばりの歌ではじき起こされた
正面の大型スクリーンの美空ひばりが万民にむかってうたう
その前に俳優たち全員がすっくと立ち
右腕を美空ひばりと共に上下にふりながらうたう
「つよいおんなにぃなぁ〜りぃ〜まぁ〜しぃ〜たぁ〜」
ねじくぎのように母音がきりこんできた
知らない　のに知っていた
美空ひばりがアジアの老若男女の中にいた

阿佐ヶ谷の駅から夜道を歩いて帰りながら
友人とわたしはうたいつづけた
「つよいおんなにぃなぁ〜りぃ〜まぁ〜しぃ〜たぁ〜」

美空ひばりの血はアジアの濁流だった
わたしたちの血もそうだ
大陸をあるきとおし
半島の先端に出て
うみをただよい
この島に上陸した
チチハハ
その人たちを森の奥から観察しつづけたのち
出ていって迎えた
チチハハ
わたしたちは無数のはるかなチチハハにむけて
スクリューする母音の弾丸をうちまくった

海とねる

湾の曲がり具合にそって背骨のように道がある
どこでなにをしていても潮と魚のにおいがする
歩きながら首をひねるとかならず海が見えた
食堂と磯つり屋のあいだのほそい路地の先で
バス停のベンチにならんでこしかけた老人たちの背後で
海はきらめいたり沈んだりしていた

白くあったり青黒くあったりした
泊まった部屋の窓をさえぎるものはなく
わたしは海と全面的に向きあうことになった
水平線と同じ位置によこになった
草叢や樹木とねたことはあったが海とはなかった
波の音がした
実際に外から聞こえてくるものか
昼間の意識にきざみこまれたものか
ねむろうとする身体が発するものか
わからなかった
海に背をむけて山のほうへ寝返りをうった
すると海がわたしにみちてきた

わたしの背中にひたひたうちよせはじめた
そちらへ寝返りをうつと海は暗闇の奥へひいていった
潮と魚のにおいのする部屋にわたしはとりのこされる
そういうことを三度ほどくりかえしたあと
どうでもよくなりあおむけになってねむることにした
海がみちてきた
わたしのかお、むね、はらの上をこえて
どこまでもどこまでもみちてきた
海はわたしの上に深ぶかとあって
無音でゆっくりと全身をゆらした

三月の森

迷うなんて考えたことがなかった
なんどもきたことがあり知りつくしている
それに木々がまだ裸で森は骨組みだけだった

ささの海の深さはわたしたちの太腿あたりまであった
陽光がまっすぐ多量にふりそそいでいた

そこらじゅうくまなく光の粒子でうめつくされ
風がおきると一面に波頭がたった
泡立つ海面から
裸の木が嬉々としてのびあがろうとしていた
エネルギーをためこんだ光の波が
わたしたちをつぎつぎとこえていった
前方をあるくおとこがのみこまれた
ちがう
物質性を失くし光子となって飛散した
迷ったのかな
その声に至福のにおいがあった

三月の森が
あるいは光が
動物のホメオスタシスを狂わす
森をぬけ出たわたしたちには
走ってくる車にむかってつっこんでいく
野ウサギの衝動があった

夜の樹

カーテンを開いたままねむったのは
標高千二百メートルの星を見るためだった
ひやり顔に薄布をかけられたようで目を覚ました
月の光だった
となりでねむるもの以外の気配がある
そろりそちらに顔をむけた

すると、いた
テーブル、その上の帽子
二対の椅子、その足もとのバックパック
それらの影が、いた
起きあがると、影たちは一瞬息をころす
ふりむくと、わたしの真っ黒い影が息をころす
ウッドデッキのほうへゆきながらふりむいてみた
影たちはいっせいに息をころす
ガラス戸を開いた
枯れた芝の上にミズナラの樹影が横たわっていた
濃い気配とともに微温が伝わってくる
樹影が初冬の大地と交合している

はだかで放心したように立っているミズナラの木は
無数の春の芽たちをはらもうとしている
気配がわたしの内からもやってきて
這い出し、樹影にちかづいてゆく
足裏がざらりとして木肌をとらえる
地中からのぼってくる水の音を聞く

まあいいか

さきほどからホケキョとのみ鳴いている
ホーがぬけているといってやる
それでもホケキョとくりかえす
窓を開きいう
ホーホケキョ　ホーホケキョ
するとだまってしまう

しばらくしてかなり遠くのほうで
あいかわらずホケキョとやりはじめた

つぎのも今ごろよく聞く鳴き声
やはり姿は見えない
いまだに名前も知らない
窓から顔をつきだし
スピッツスピッツと鳴きまねをしてやる
すると新聞紙のむこうで
ぼくにはスイッチスイッチと聞こえるという
そういわれるとそのようにも聞こえる

家の中で年中不明瞭な鳴き声がする
ときどきそのことを指摘してやるが効果がない
たいくつな夜にそっくりまねをしてみる
ドッチデモ
ドッチデモ
ダカラドッチデモ
ダカラドッチデモ
まあいいか、それより
ふとんにもぐって新しい声音の練習をしよう

祈る少女

マニキュアの指先をそりかえらせて
両の手のひらをあわせている
首の付け根で折られたみたいに
頭をたれている
ミニスカートからつきでたあしは
ややXがかって
幼児の真剣さでふんばっている

たくさんの願いごとがあるんだね
どうしても神様にきいてもらいたいことがあるんだね

祈りおえると本殿の横手のところにこしかけて
あしをぶらんぶらんふっている
神様には言わなかったことを
メール友だち百人に告白してるんだね
百とおりものうそがつけるんだね
忠告すべきかなあ
ここのやぶ蚊は強烈なんだよ
処置を間違えると痕が残ってしまうよ
こんなふうにね、まっくらくら

男子

しろいがわずかにちち色を含む
とうめいがびみょうにみどり色を発する
すべすべの地に申し分なく配置された
つややかなくろ目がまっすぐ見つめてくる
いっしゅん、わたしはぽかんとなる
立直って凝視してみた

デパートの化粧品売り場のスタッフが男子だ
商品をならべ特性を説明してくれているようだ
ほそくてながいゆびのしろは
れもん色がまじっているねと言いたくなる
まるくかりこんだ爪に
ようやくうすあかい血の色を発見する
いや、くちびるがそうだった
ショックで認識が一番あとになった
なんてうつくしいのとくちばしりそうになる
洋服にかくれているところは毛深い、ごつい
腹のなかにくろ虫をかっている
などと想像してみようとしたがむだだった

いまのところ
この男子はそのかおとゆびのみで十分に存在している

セミイチゴ

プランターのイチゴが熟れた
今年初めての一粒だ
ツンとした先端、ひかえめなふくらみ
なかなかよい姿をしている
すぐにも食べてしまいたい
問題は油ゼミだ

去年の夏の朝
ベランダにひっくり返っていたやつだ
土にかえりたいだろうとイチゴの根元においてやった
そのあと何十年ぶりの残暑があった
親族の老人が二人あいついで亡くなった
秋には長雨があり冬も陰気に雨がよく降った
なのにそれはそのままの姿でそこにいつづけた
しぶとい
艶はないが羽根も目玉も見た目は不変だ
割りばしでつまんで持ちあげてみた
重さというものがまったくない
タマシイはすっかり土中にぬけ落ちたのだ

思案したあげくもとの場所にもどす
イチゴとは関係のないことだ
しかしそのイチゴが食べられない
シャンパングラスに入れておく
夜、帰ってきたおとこにすすめてみる
おとこはさっと口に放りこむ
あまい香気がはなたれる

八月の裏庭

なんきんが裏庭を占領する
さらにドアにむかってのびてくる
方向転換をさせようとつるの先端をつかむ
密生した毛に指のはらをさされる
おもわずとりおとす
「切って」

背後でおさない声が命令する

朝、なんきんのロート型の黄色い花は
真上にむかってひらき、さそう
おしりのまるいハチがそれにはまる
しのび足の少女が素早く花のさきをつまみ
輪ゴムでとじてしまう
動転したハチのたてる羽音に聞き入る少女
その白目部分の白さの凄み

なんきんを裏庭から撤去する
数匹の油ぜみとカナブンの死骸がある

他にもなにかのひからびた死骸がある
「あげる」
拾いあつめて持ってくる少女の笑みの不可解

強くせがまれる
なんきんにカッターナイフで目鼻口をきざみつけ
裏庭の台のうえに置いてやる
「おばちゃんの顔」
すでに興味をなくし走り去る
そのあしのあからさまな伸びよう

熱い台のうえに放置された「わたしの顔」

日がたつにつれまったくわたしの顔になってゆく
近づいてみる
左の目じりからアリが出入りしている
両の口角のラインがくずれかけている
頭のなかでなにかやわらかいものがつぶれる音がする

いい気持ち

中央線阿佐ヶ谷駅のホームで
背中を冬の太陽にむける
しばらくして正面をむける
あ、そこに立たないで
影になるのでどいてください
なんて知らないオトコに言えない
それでこっちが右に三歩ほどずれる

さらに黄色い線を越えホームの端まで前進する
これで誰にもじゃまされない
まず背中を十分にあたためよう
さっきのオトコがもつ新聞の見出しが目に入る
目を閉じよう
電車が止まった理由のアナウンスが耳に入る
耳を閉じよう
そしてこんどは正面を太陽にむける
いい気持ち
いまのわたしのからだ
閉じたまぶたが一番感じるのだ
みなさんわたしの圏内に立ち入らないでください

かめれおんの時間

無用の時間、舌は
何十分の一にも縮め奥深くしまってある
ねばい唾液をたっぷり用意して
おもしろい生きものが近づいてくるのをまつ

一度じぶんじしんをたべた

長い舌がねじれもつれた
痛くてちぎれてしまったかとおもった
左右の目がべつべつのものにあまりに長く見入って
からだ半分がべつべつの色になった
まっぷたつにさけてしまったかとおもった

陸にあがり森に深入りしていたあいだ
生まれたての仔をたべた
また生んでたべて
生んでまたたべて
人の血色になった

あんがい適応力があったのかもしれない
何時間でもじっとしている
目をとじてベランダのローズマリーの下にいる
たまにおちてくる花をナイスキャッチ
すきなものは時間をかけてそしゃくする
そのものとおなじ色になる
快楽がふいにおちてくる

遠くかけ離れたところからやってきて
一瞬、かぎりなく人に近づき
ふたたび遠く離れ去ってゆこうとしている
かめれおんの時間がある

あとがき

しばらくの間、詩から遠くはなれていた。三年前、親族の老人があいついで亡くなった。たまにしか会わなかったのに、亡くなるとむこうからよくやってくるようになった。気がつくと、また、詩を書くようになっていた。

身近にあきもせず読んでくれる人たちがいて、まとめる気になりました。みなさん、ほんとにありがとう。

これからは長い距離を長い時間かけて、私に向かってやってくるもの、出ていこうとするものを考えてみたいです。

思潮社の藤井一乃さんにお世話になりました。ありがとうございました。

奥田春美

かめれおんの時間　畢

奥田春美

香川県で生まれ、学生時代より大阪。現在は東京在住。
詩集に『砂の交わり』『老先生の赤ずきんちゃん』（私家版）がある。

かめれおんの時間《じかん》

著者
奥田春美《おくだはるみ》
発行者
小田久郎
発行所
株式会社思潮社
〒一六二―〇八四二　東京都新宿区市谷砂土原町三―十五
電話〇三（三二六七）八一五三（営業）・八一四一（編集）
FAX〇三（三二六七）八一四二
印刷
三報社印刷株式会社
製本
川島製本所
発行日
二〇〇八年六月三十日第一刷　二〇〇八年十月十日第二刷